Nita merge la spital

Nita Goes to Hospital

Story by Henriette Barkow

Models and Illustrations by Chris Petty

Romanian translation by Gabriela de Herbay

Nita se juca cu mingea cu Rocky. „Prinde!" strigă ea. Rocky sări, dar nu a prins-o şi alergă după minge, ieşind din parc în stradă. „STOP! ROCKY! STOP!" strigă Nita. Ea era aşa de preocupată încercând să-l prindă pe Rocky că nu a văzut...

Nita was playing ball with Rocky. "Catch!" she shouted. Rocky jumped, missed and ran after the ball, out of the park and into the road. "STOP! ROCKY! STOP!" Nita shouted. She was so busy trying to catch Rocky that she didn't see...

MAŞINA.

the CAR.

Şoferul a frânat brusc. SCRÂŞNET! Dar a fost prea târziu! BUF! Maşina o lovi pe Nita şi ea căzu jos cu o ZDROBIRE revoltătoare.

The driver slammed on the brakes. SCREECH! But it was too late! THUD! The car hit Nita and she fell to the ground with a sickening CRUNCH.

„NITA!" urlă Mami. „Cineva să cheme salvarea!" strigă ea, ţinând-o în braţe pe Nita şi mângâindu-i părul.

Şoferul a sunat la salvare.

„Mami, mă doare piciorul," plânse Nita, lacrimi mari alunecându-i pe faţă.

„Ştiu că doare, dar încearcă să nu te mişti," spuse Mami. „În curând o să sosească ajutor."

"NITA!" Ma screamed. "Someone call an ambulance!" she shouted, stroking Nita's hair and holding her.

The driver dialled for an ambulance.

"Ma, my leg hurts," cried Nita, big tears rolling down her face.

"I know it hurts, but try not to move," said Ma. "Help will be here soon."

A sosit salvarea şi doi asistenţi medicali au venit cu o targă.

„Bună, eu sunt John. Piciorul tău este foarte umflat. Probabil că este rupt,“ spuse el. „Am să pun doar aceste atele, ca să nu se mişte.“

Nita îşi muşcă buza. Piciorul o durea foarte rău.

„Eşti o fată curajoasă,“ spuse el, transportând-o cu grijă pe targă până la salvare. Mami se urcă şi ea.

The ambulance arrived and two paramedics came with a stretcher.

"Hello, I'm John. Your leg's very swollen. It might be broken," he said. "I'm just going to put these splints on to stop it from moving."

Nita bit her lip. The leg was really hurting.

"You're a brave girl," he said, carrying her gently on the stretcher to the ambulance. Ma climbed in too.

Nita întinsă pe targă o ținea strâns pe Mami, în timp ce salvarea alerga pe străzi - sirenele urlând, luminile sclipind - tot drumul până la spital.

Nita lay on the stretcher holding tight to Ma, while the ambulance raced through the streets – siren wailing, lights flashing – all the way to the hospital.

La intrare era lume peste tot. Nita era speriată.

„O dragă, ce s-a întâmplat cu tine?" întrebă un infirmier prietenos.

„M-a lovit o maşină şi mă doare foarte rău piciorul," spuse Nita, clipind des ca să-şi reţină lacrimile.

„Imediat după ce te-a văzut doctorul, o să-ţi dăm ceva pentru durere," îi spuse el. „Acum trebuie să-ţi iau temperatura şi să-ţi iau puţin sânge. O să simţi doar o înţepătură mică."

At the entrance there were people everywhere. Nita was feeling very scared.

"Oh dear, what's happened to you?" asked a friendly nurse.

"A car hit me and my leg really hurts," said Nita, blinking back the tears.

"We'll give you something for the pain, as soon as the doctor has had a look," he told her. "Now I've got to check your temperature and take some blood. You'll just feel a little jab."

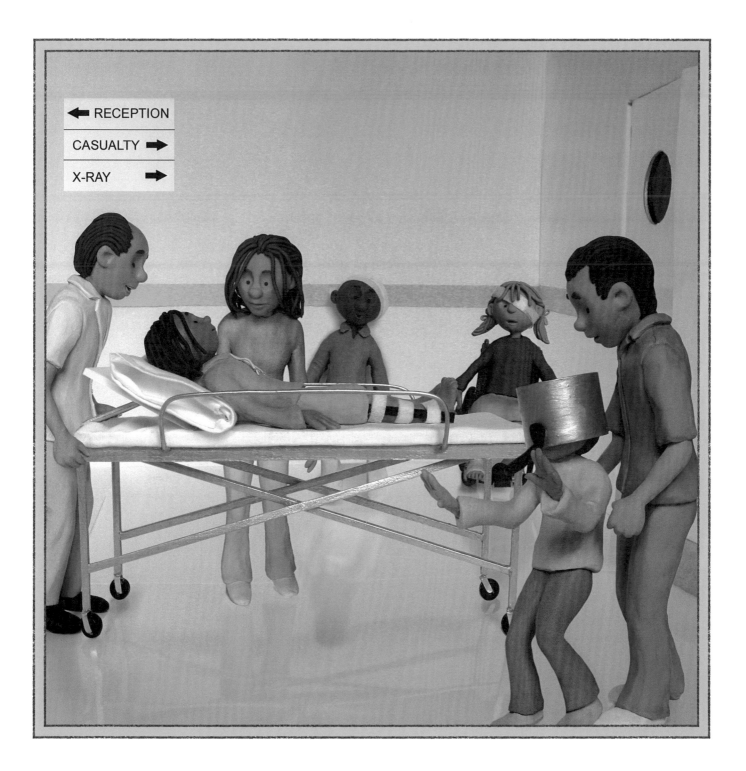

← RECEPTION

CASUALTY →

X-RAY →

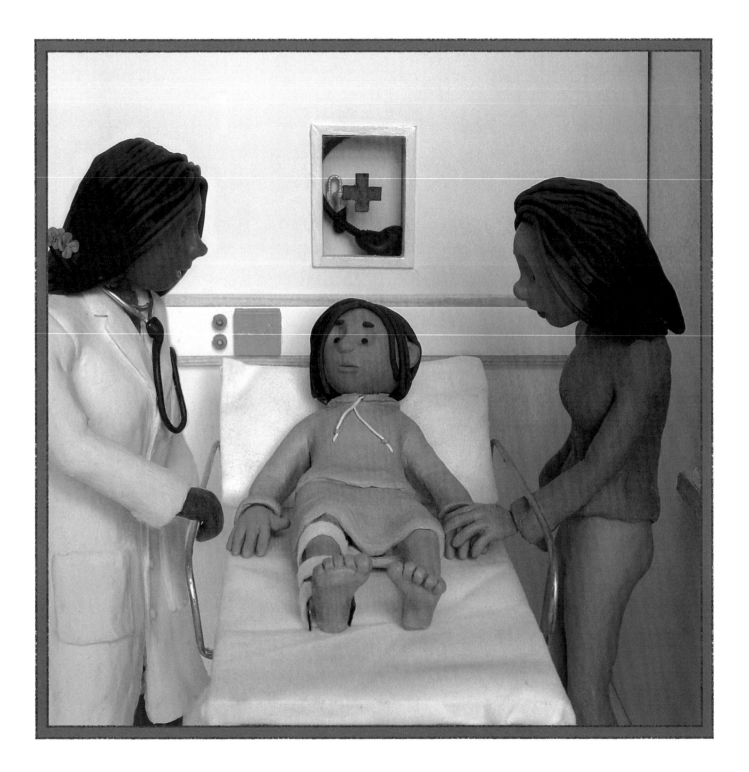

După aceea a venit doctorița. „Bună Nita,“ spuse ea. „O! Cum s-a întâmplat asta?“
„M-a lovit o maşină. Mă doare foarte rău piciorul,“ suspină Nita.
„Am să-ți dau ceva ca să oprească durerea. Hai să ne uităm acuma la piciorul tău,“ spuse doctorița. „Hm, se pare că e rupt. Avem nevoie de o radiografie ca să putem vedea mai detailat.“

Next came the doctor. "Hello Nita," she said. "Ooh, how did that happen?"
"A car hit me. My leg really hurts," sobbed Nita.
"I'll give you something to stop the pain. Now let's have a look at your leg," said the doctor. "Hmm, it seems broken. We'll need an x-ray to take a closer look."

Un însoțitor prietenos a împins-o pe Nita într-un scaun pe rotile până la secţia de radiologie unde era lume multă, aşteptând.
În cele din urmă a venit rândul lui Nita. „Bună Nita," spuse radiologa.
„Cu maşina asta am să fotografiez în interiorul piciorului tău," spuse ea, arătând spre maşina de raze. „Nu-ţi fie teamă, nu o să te doară. Trebuie numai să stai nemişcată în timp ce fac radiografia."
Nita dădu din cap.

A friendly porter wheeled Nita to the x-ray department where lots of people were waiting.
At last it was Nita's turn. "Hello Nita," said the radiographer. "I'm going to take a picture of the inside of your leg with this machine," she said pointing to the x-ray machine. "Don't worry, it won't hurt. You just have to keep very still while I take the x-ray."
Nita nodded.

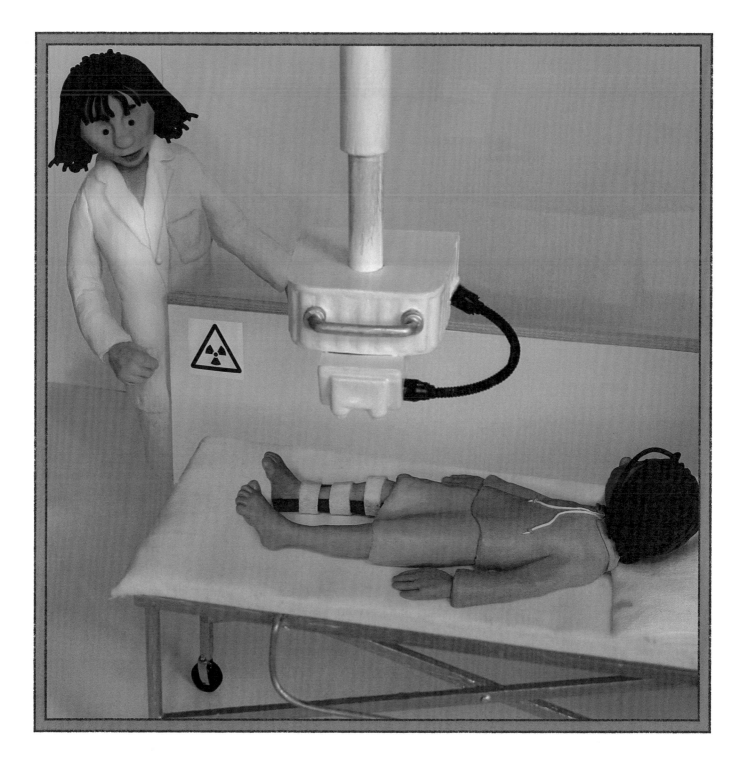

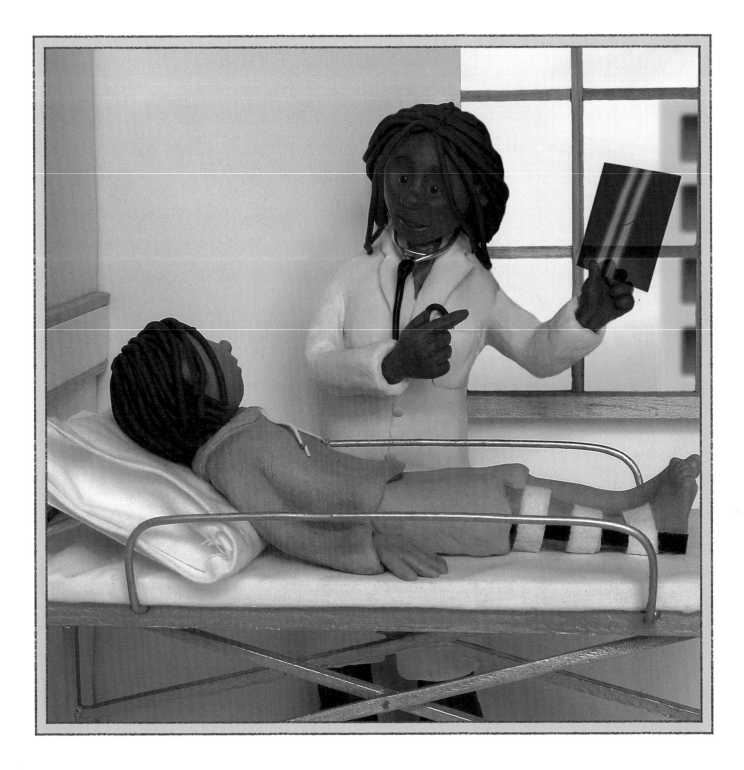

Puțin mai târziu doctorița veni cu radiografia. O ținu în sus și Nita a putut să vadă osul din interiorul piciorului!

„Este așa cum am crezut," spuse doctorița. „Piciorul tău e rupt. Trebuie să-l fixăm și apoi să-l punem în ghips. Ăsta o să-l țină în loc, ca osul să se poată vindeca. Dar deocamdată piciorul tău e prea umflat. Va trebui să stai aici peste noapte."

A little later the doctor came with the x-ray. She held it up and Nita could see the bone right inside her leg!

"It's as I thought," said the doctor. "Your leg is broken. We'll need to set it and then put on a cast. That'll hold it in place so that the bone can mend. But at the moment your leg is too swollen. You'll have to stay overnight."

Însoțitorul a împins-o pe Nita la salonul pentru copii. „Bună Nita. Pe mine mă cheamă Rose și eu sunt sora ta specială. Eu voi avea grijă de tine. Ai venit tocmai la timp," zâmbi ea.

„De ce?" întrebă Nita.

„Pentru că este ora mesei. O să te punem în pat și apoi poți să mănânci ceva." Sora Rose a pus gheață în jurul piciorului Nitei și i-a mai dat o pernă, dar nu pentru cap... ci, pentru picior.

The porter wheeled Nita to the children's ward. "Hello Nita. My name's Rose and I'm your special nurse. I'll be looking after you. You've come just at the right time," she smiled.

"Why?" asked Nita.

"Because it's dinner time. We'll pop you into bed and then you can have some food."

Nurse Rose put some ice around Nita's leg and gave her an extra pillow, not for her head... but for her leg.

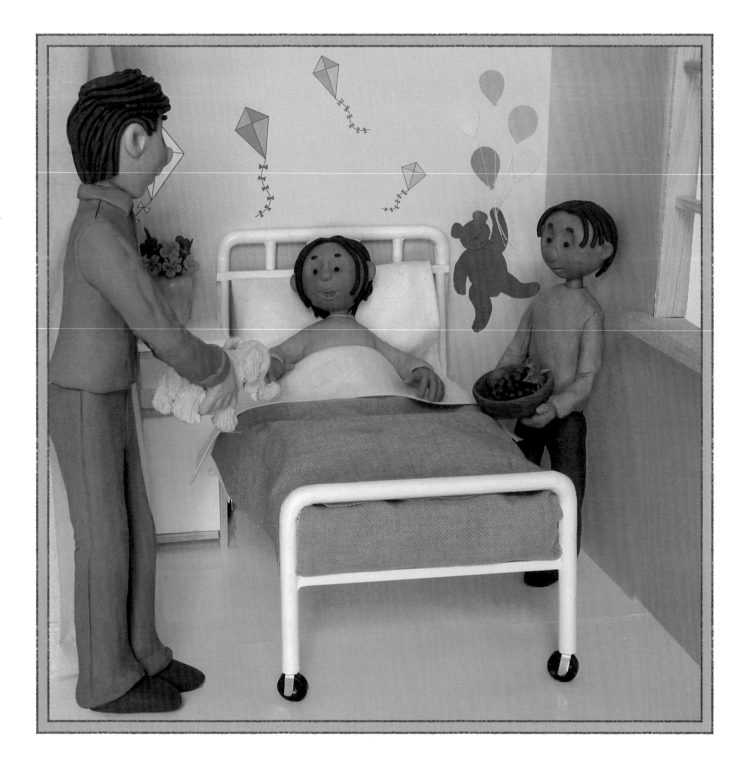

După masă au sosit Tati şi Jay. Tati a îmbrăţişat-o şi i-a dat jucăria ei preferată.

„Ia să-ţi văd piciorul?" întrebă Jay. „Uf! E oribil. Doare?"

„Foarte," spuse Nita, „dar mi-au dat calmante."

Sora Rose i-a luat din nou temperatura lui Nita. „Acum e ora de dormit," spuse ea. „Tati şi fratele tău vor trebui să plece, dar Mami poate să stea... toată noaptea."

After dinner Dad and Jay arrived. Dad gave her a big hug and her favourite toy.

"Let's see your leg?" asked Jay. "Ugh! It's horrible. Does it hurt?"

"Lots," said Nita, "but they gave me pain-killers."

Nurse Rose took Nita's temperature again. "Time to sleep now," she said. "Dad and your brother will have to go but Ma can stay... all night."

Devreme, a doua zi de dimineață doctorița a controlat piciorul Nitei.
„Asta arată mult mai bine," spuse ea. „Cred că este gata să fie pus în ghips."
„Ce înseamnă asta?" întrebă Nita.
„O să-ți dăm un anestezic ca să te facă să dormi. După aceea o să împingem osul înapoi în poziția corectă și o să-l ținem în loc cu ghips. Nu te îngrijora, nu o să simți nimica," spuse doctorița.

Early next morning the doctor checked Nita's leg. "Well that looks much better," she said. "I think it's ready to be set."
"What does that mean?" asked Nita.
"We're going to give you an anaesthetic to make you sleep. Then we'll push the bone back in the right position and hold it in place with a cast. Don't worry, you won't feel a thing," said the doctor.

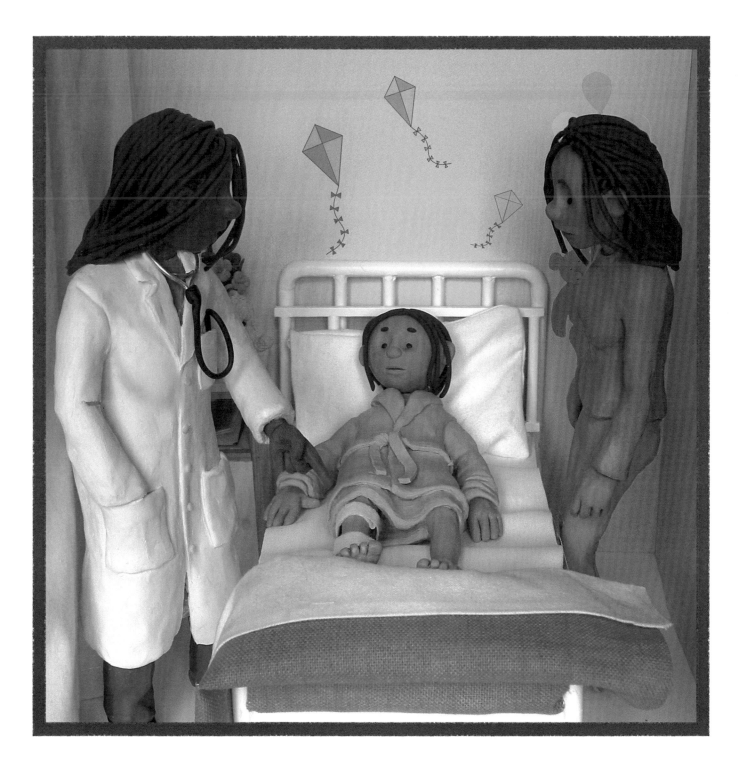

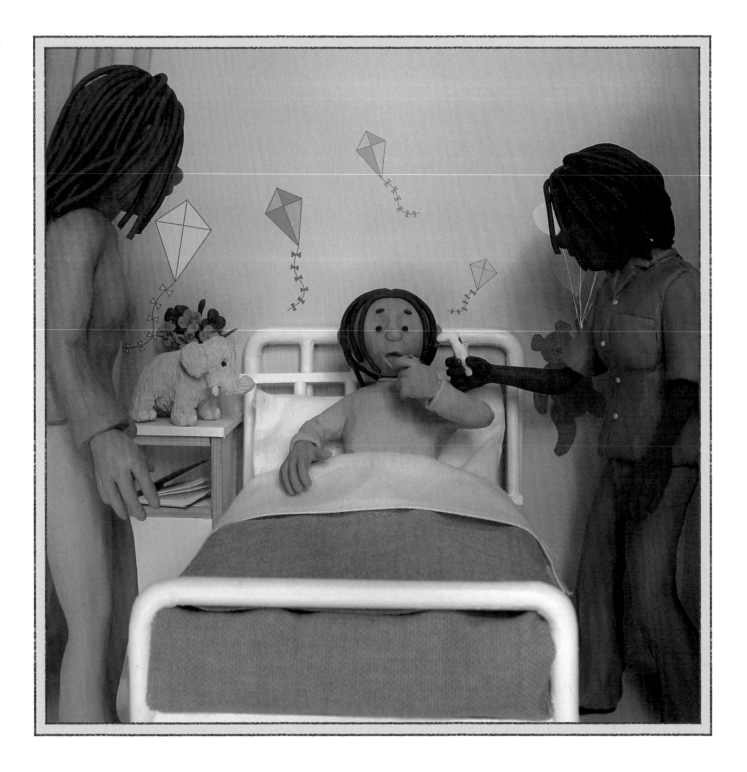

Nita se simțea de parcă ar fi dormit o săptămână. „Mami, de cât timp dorm?" întrebă ea.

„Numai de vreo oră," zâmbi Mami.

„Bună Nita," spuse sora Rose. „Mă bucur să văd că te-ai trezit. Cum e piciorul?"

„Bine, dar îl simt așa de greu și rigid," spuse Nita. „Pot să mănânc ceva?"

„Da, în curând va fi ora prânzului," spuse Rose.

Nita felt like she'd been asleep for a whole week. "How long have I been sleeping, Ma?" she asked.

"Only about an hour," smiled Ma.

"Hello Nita," said Nurse Rose. "Good to see you've woken up. How's the leg?"

"OK, but it feels so heavy and stiff," said Nita. "Can I have something to eat?"

"Yes, it'll be lunchtime soon," said Rose.

Pe la prânz Nita se simțea mult mai bine. Sora Rose a pus-o într-un scaun pe rotile ca să se poată alătura celorlalți copii.

„Ce s-a întâmplat cu tine?" întrebă un băiat.

„Mi-am rupt piciorul," spuse Nita. „Dar tu?"

„Am avut o operație la urechi," spuse băiatul.

By lunchtime Nita was feeling much better. Nurse Rose put her in a wheelchair so that she could join the other children.

"What happened to you?" asked a boy.

"Broke my leg," said Nita. "And you?"

"I had an operation on my ears," said the boy.

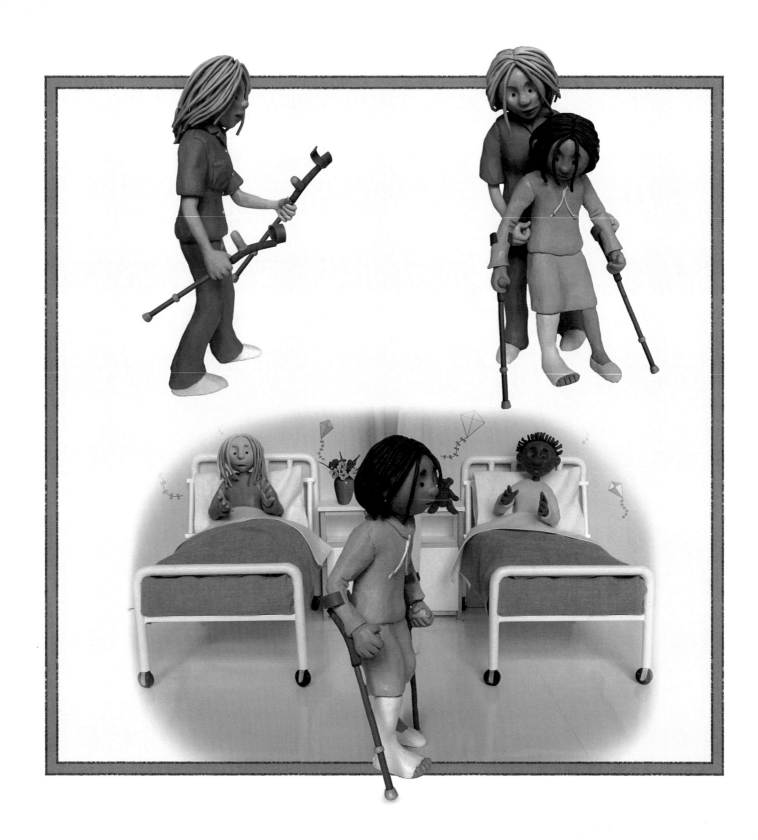

După masă un fizioterapeut veni cu nişte cârje. „Uite aici Nita. Astea o să te ajute să te mişti,“ spuse ea.

Şontâc şi clătinându-se, împingând şi ţinându-se, curând Nita mergea prin salon.

„Bravo,“ spuse fizioterapeutul. „Cred că poţi să mergi acasă. Am să o chem pe doctoriţă să te vadă.“

In the afternoon the physiotherapist came with some crutches. "Here you are Nita. These will help you to get around," she said.

Hobbling and wobbling, pushing and holding, Nita was soon walking around the ward.

"Well done," said the physiotherapist. "I think you're ready to go home. I'll get the doctor to see you."

In aceeaşi seară, Mami, Tati, Jay şi Rocky au venit să o ia pe Nita. „Grozav," spuse Jay văzând ghipsul lui Nita. „Pot să desenez pe el?" „Nu acuma! Când ajungem acasă," spuse Nita. Poate că fiind în ghips nu o să fie chiar aşa de rău.

That evening Ma, Dad, Jay and Rocky came to collect Nita. "Cool," said Jay seeing Nita's cast. "Can I draw on it?" "Not now! When we get home," said Nita. Maybe having a cast wasn't going to be so bad.